*El muro seguirá en pie dentro de cincuenta años, e incluso de cien,
si no se eliminan los motivos por los que se erigió*

(Erich Honecker, Berlín, 19 de enero de 1989)

1989

DIEZ RELATOS PARA ATRAVESAR LOS MUROS

Didier Daeninckx

Heinrich Böll

Olga Tokarczuk

Max Frisch

Ljudmila Petruševskaja

Andrea Camilleri

Jiří Kratochvil

Elia Barceló

Miklós Vámos

Ingo Schulze

ilustraciones de
Henning Wagenbreth

al cuidado de
Michael Reynolds

El muro de Navidad

Un grito se alzó desde la multitud cuando levantó la mano para marcar el inicio de los festejos. Luego fueron cientos, miles los que hincharon el pecho, en oleadas sucesivas, para expresar la legítima alegría de un pueblo obediente. El Presidente se había sentado sobre su joyero de terciopelo rojo, en el centro de la tribuna frente al muro y, con los ojos cerrados, mecido por el rumor, saboreaba el instante. Hacía cincuenta años que no sentía tal sentimiento de plenitud; se reencontraba de pronto con una emoción oculta en lo más profundo de su ser, una felicidad infantil. Una sonrisa procedente de aquel pasado se posó en sus labios. La primera dama, sorprendiéndole, se inclinó hacia su esposo ejerciendo al mismo tiempo una presión con la mano sobre su brazo, a través del pomposo uniforme.

–¿De qué te ríes? ¿En qué estás pensando?

Levantó los párpados y se sorprendió a sí mismo diciendo la verdad, una debilidad pasajera que atribuyó a la solemnidad del momento.

–En nada... Estaba pensando en Ole Kirk Christiansen...

–¿Ole Kirk qué?

–Ole Kirk Christiansen...

–Nunca he oído hablar de él... ¿Quién es? ¿Tiene algún cargo?

Las primeras notas del himno nacional, imponiendo el silencio a la amplia aglomeración, le permitieron eludir la pregunta. Se levantó a pleno sol, enaltecido por más de cien mil miradas. Los recuerdos lo acompañaron mientras se dirigía hacia el atril erizado de micrófonos. Unos microscópicos copos de nieve, caídos en otro tiempo, daban vueltas detrás del cristal. Volvió a ver el dulce rostro de su madre iluminado intermitentemente por las bombillas de color de la guirnalda eléctrica que serpenteaba sobre las ramas del abeto.

–Mira, cariño, Papá Noel ha venido mientras dormías...

En la tranquilidad respetuosa que lo acompañaba, percibió claramente cómo el papel de regalo se arrugaba bajo sus dedos impacientes. La sangre afluyó a sus sienes cuando su memoria levantó la tapa de la caja de juego tan deseada, y volcó sobre el parqué encerado las docenas de pequeños ladrillos rojos, verdes, azules, amarillos, que contenía. Su vocación de arquitecto nació aquel día, a los pies del árbol de Navidad, ensamblando las piezas de Lego para darles la forma de una casa, un castillo, un palacio. Una pasión devoradora. Su madre había sacrificado su juventud para que él pudiera ir a las mejores universidades, donde otorgaban los diplomas más reputados. Las circunstancias decidieron otra cosa, y en lugar de levantar los planes de ciudades futuras, había tenido, él, el hijo de una empleada y de un padre desconocido, que construir un Estado nacido con la fragmentación de un imperio. Se había vuelto a sumergir en los escritos de sus maestros, tres años antes, cuando las amenazas en las fronteras pusieron en peligro su poder. Nadie había puesto en duda su idea de levantar un obstáculo infranqueable, en los límites del país, para enfriar las veleidades de sus poderosos vecinos. Había diseñado hasta el menor de sus detalles, tras haber estudiado todos los fallos que habían resultado fatales para las obras del mismo tipo y aquellas que la Historia había mantenido el rastro, desde las murallas demasiado sensibles de Jericó hasta el muro levantado entre chiitas y sunitas en la ciudad iraquí de Adhamira, pasando por la serpiente de piedra que atravesaba China. Había enviado espías a lo largo de la barrera fortificada que protege a Texas de la miseria mexicana. Unas siluetas furtivas habían recorrido la tierra de nadie que separa las dos Coreas, las dunas de arena artificiales en los confines del desierto marroquí y aquellas, más antiguas, dejadas en Abisinia por el mariscal Graziani. Otros se habían introducido en los túneles que unen la franja de Gaza con el Sinaí egipcio. Un equipo había agotado el abecedario de las líneas defensivas: Dora, Mareth, Maginot, Morice, Siegfried... El estudio de los errores del pasado no garantiza el éxito, pero previene frente a las derrotas demasiado súbitas. Sobre el papel, la nueva frontera podía resistirlo todo: ondas, vibraciones, terremotos, bombardeos, trincheras, perforaciones, asaltos...

El Presidente dejó el texto de su alocución sobre el atril. El edificio que hoy iba a recibir su nombre hundía sus fundamentos metálicos a decenas de metros de profundidad, unos sistemas de rastro filtraban el agua de los ríos subterráneos, mientras que unas puntas aceradas, colocadas a millares en la cima de la construcción, arañaban las nubes. La sonorización emitió un estruendo cuando se aclaró la voz antes de iniciar su discurso.

–Queridos compatriotas…

Todos los ojos estaban fijos en él, nadie pestañeaba, y se preparaba para pronunciar la frase inaugural cuando un acontecimiento imprevisto, que sólo él podía ver, se produjo. Un globo (se supo más tarde que se le escapó a un niño al salir de una fiesta de cumpleaños), lastrado por su hilo, se balanceaba por el cielo aprovechando las corrientes ascendientes. El Presidente permaneció inmóvil un segundo de más, con la boca abierta y su pueblo, intrigado, giró la cabeza en el momento exacto en que el globo decorado con la figura de un payaso y la M dorada de una cadena de comida rápida franqueaba la muralla. Una risa estalló entre la multitud, luego otra, luego centenares, luego miles. Una humanidad entera reía a carcajadas, por oleadas sucesivas. Un bosque de manos se había erguido para alcanzar el hilo como se hace, en el tiovivo, con la cola del Mickey Mouse… Entonces, súbitamente, le faltó el aire. El Presidente se colocó la mano derecha sobre el pecho y se desplomó en medio de las risas generalizadas. Un consejero se arrodilló para recoger sus últimas palabras antes de que se hundiera en un coma definitivo.

–Ole Kirk Christiansen

–¿Qué dice usted?

–Ole Kirk…

La autopsia confirmó la hipótesis del ataque al corazón. El forense se llevó la sorpresa de comprobar que el coágulo que causó la muerte del Presidente tenía la forma inhabitual de un minúsculo paralelepípedo. Como un pequeño ladrillo de sangre coagulada…

El consejero, único depositario de las últimas palabras del Presidente, tuvo que abandonar el país en las horas siguientes a la desaparición de su jefe. La precariedad de su nueva situación le hizo renunciar a esclarecer el misterio de ese nombre pronunciado en el umbral de la muerte. Mucho tiempo después, la casualidad le ofreció la explicación cuando visitaba una casa de exilio en la provincia de Billund, en Dinamarca. Un panel de dirección colocado frente a la ventana de la cocina indicaba la presencia de un museo Ole Kirk Christiansen en la periferia

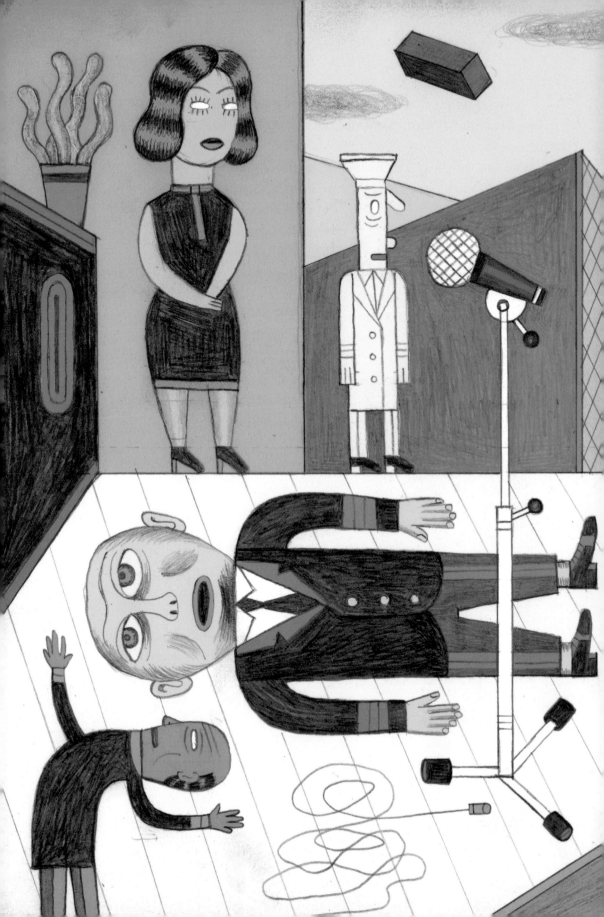

de la ciudad. Las palabras del Guía volvieron a su memoria. Como quien no quiere la cosa, le preguntó al agente inmobiliario, al pasar del salón a la galería:

–¿Quién es exactamente ese Christiansen?

–¡No conoce a Ole Kirk!

–No…

–Es el genio de Billund… Le debemos la fortuna de nuestra ciudad. Fue el que inventó el Lego…

Heinrich Böll

Los niños también son civiles

—No puede ser —dijo el centinela de mal humor.

—¿Por qué? —pregunté yo.

—Porque está prohibido.

—¿Por qué está prohibido?

—¡Pues porque está prohibido, hombre! A los pacientes les está prohibido salir.

—Yo —dije con orgullo—, yo estoy herido.

El centinela me miró con desprecio.

—La primera vez que te hieren, ¿no? Como si no supieras que los heridos también son pacientes. Anda, ¡vete!

Pero yo no lo comprendía.

—Entiéndeme —dije—. Solo quiero comprar un dulce a aquella niña.

Señalé hacia fuera, donde una preciosa niña rusa, pequeña y envuelta en un remolino de nieve, vendía sus dulces y bollos.

—¡Venga, adentro! No quiero verte por aquí.

La nieve caía en silencio sobre los grandes charcos que se habían formado en el oscuro patio de colegio y la niña permanecía allí de pie, paciente, anunciando incansable, con voz queda: «Dulges... dulges...».

—¡Hombre, no seas así! —le dije al centinela—. La boca se me hace agua, deja entonces que la niña entre.

—Está prohibido que entren civiles.

—Pero, hombre... —dije—. Sólo es una niña.

Él volvió a mirarme con desprecio.

—¿Los niños no son civiles, o qué?

Era desesperante, una manta de polvo de nieve caía sobre la calle oscura y desierta, mientras la niña permanecía allí de pie, totalmente sola, anunciando sin cesar: «Dulges...», aunque no pasara nadie.

Yo estaba dispuesto a todo con tal de salir, pero el centinela me agarró rápidamente de la manga y se enfureció.

—¡Te has vuelto loco! —gritó—. ¡Desaparece o llamo al sargento!

—Eres un animal —dije también hecho una furia.

—Sí, lo que tú digas —dijo el centinela, regodeándose—. Para vosotros, tener sentido del deber y ser un animal es lo mismo.

Yo aún me quedé medio minuto bajo la ventisca de nieve, viendo

cómo los copos blancos se convertían en barro con solo tocar el suelo; el patio del colegio estaba lleno de charcos y entre ellos se dibujaban pequeñas islas blancas que parecían azúcar glas. De repente, vi que la preciosa niña me guiñaba un ojo y que, fingiendo indiferencia, se marchaba calle abajo. Yo la seguí por la parte interna del muro.

«Maldita sea –pensé–. ¿Será cierto que soy un paciente?» Luego vi que en el muro había un agujerito junto al urinario, y que la niña de los dulces se había parado frente a él. El centinela no podía vernos desde donde estaba. «Que el Führer bendiga tu sentido del deber», pensé.

Los bollos tenían un aspecto delicioso: bizcochuelos de almendra y porciones de tarta de crema, rosquillas de levadura y buñuelos de avellana de brillo aceitoso.

–¿Cuánto cuestan? –pregunté a la niña.

Ella sonrió, alzó el cesto para mostrarme sus dulces y dijo con fina voz:

–Trres marrcos gincuenta uno.

–¿Cualquiera de ellos?

–Sí –asintió ella.

La nieve caía sobre su fino cabello rubio, cubriéndolo con un efímero polvo plateado; su sonrisa era simplemente irresistible. La tétrica calle a sus espaldas estaba desierta y el mundo parecía muerto…

Cogí una rosquilla de levadura y la probé. El sabor de… de aquello era delicioso: estaba relleno de mazapán. «¡Ajá! –pensé–. Por eso son tan caros como los demás.»

La niña sonreía.

–¿Bueno? –preguntó ella–. ¿Bueno?

Yo tan solo asentí, lo que menos me preocupaba era el frío, con aquel grueso vendaje rodeando mi cabeza me sentía como Theodor Körner.[1] También probé un trozo de la tarta de crema, dejando que aquel magnífico bocado se deshiciera lentamente en mi boca, sin prisas. Y de nuevo la boca se me hizo agua…

1. Carl Theodor Körner: poeta y dramaturgo alemán (1791-1813) al que abrieron la cabeza con un sable en medio de la batalla.

–Venga –musité–, te compro todo, ¿cuántos tienes?

Ella empezó a contar con su grácil dedito índice, algo sucio, mientras yo me zampaba un buñuelo de avellana. Reinaba el más completo silencio, e incluso creí percibir suspendida en el aire una delicada tela de copos de nieve. Contaba con dificultad, muy despacio y se equivocó un par de veces, sin embargo yo, con toda la calma del mundo, me comí dos bollos más. De repente, alzó tan bruscamente sus ojos buscando los míos, que sus pupilas se detuvieron justo donde empezaba el párpado; el blanco de sus ojos tenía la tonalidad azul clara de la leche desnatada. Me gorjeó algo en ruso, pero como sonreí encogiéndome de hombros, se acuclilló y escribió un 45 en la nieve con su dedito sucio; yo añadí mentalmente mis cinco y dije:

–El cesto incluido, ¿de acuerdo?

Ella asintió y me tendió con cuidado el cesto a través del agujero, mientras yo le daba dos billetes de cien marcos. Dinero teníamos de sobra, los rusos llegaban a pagar setecientos marcos por un abrigo y, además, durante tres meses lo único que habíamos visto era bazofia y sangre, un par de prostitutas y dinero…

–Vuelve mañana, ¿vale? –dije en voz baja, pero ya no me oía, con sorprendente agilidad se había escabullido y, cuando, afligido, saqué mi cabeza por el agujero, tan solo vi la silenciosa callejuela rusa, lóbrega y desierta: había desaparecido. Ahí me quedé durante un buen rato, como un animal que mira tristemente el espacio que se extiende más allá de su redil y, hasta que no noté que el cuello se me quedaba rígido, no volví a meter la cabeza dentro de mi prisión.

Solo entonces olí el hedor a orina que procedía de la esquina, y vi que todos los lindos dulces y pequeños bollos estaban cubiertos de un baño glaseado de nieve. Tomé con desgana el cesto y me dirigí cansinamente hacia el edificio, aunque no sintiera frío: me parecía a Theodor Körner y bien podría haber permanecido una hora más en medio de la nieve. Me fui, por dirigirme a algún lugar. Siempre hay que dirigirse a algún lugar, es necesario. Uno no puede quedarse parado y esperar a que la nieve le sepulte del todo. A algún lugar hay que dirigirse, incluso cuando te han herido y estás en un país extraño, lóbrego y tan oscuro…

Olga Tokarczuk

El hombre a quien no le gustaba su trabajo

Había un hombre a quien no le gustaba en absoluto su trabajo, así que se puso contento cuando supo que podría dejarlo dentro de poco tiempo.

Su trabajo no le gustaba porque le parecía un sinsentido. No implicaba ningún progreso, ningún beneficio real, ninguna alegría, no era creativo. Consistía en caminar por la montaña (a veces iba en moto) y detectar todo aquello que pudiera parecer sospechoso. En eso consistía el hecho de vigilar la frontera. Era guardia.

Aquella frontera era bastante arbitraria: cortaba riachuelos en dos, seguía cuestas empinadas, a veces rodeaba algún pico o dividía pinares jóvenes con cortafuegos en los que se pavoneaban blancos mojones. El guardia pensaba a menudo en los costes de mantenimiento de esta línea, que en todos los mapas se representa como una raya discontinua, y que sin embargo no refleja el absurdo de talar los árboles, cortar la hierba y blanquear cada año los mojones.

«Y ¿para qué todo esto? –se decía–. Tanto jaleo, tanto trabajo, tanto gasto.»

A pesar de todo, durante años cumplió con su trabajo escrupulosamente, siempre acompañado de un perro, un pastor alemán llamado *Bruno*, un ser melancólico que destilaba sabiduría natural. Se entendía a la perfección con Bruno cuando se adentraban en la zona fronteriza. Siempre hacían el mismo recorrido, siempre querían descansar en el mismo sitio. Se podría decir que vigilaban la frontera para que no se colara ni una mosca. Es un decir lo de que no se cuele ni una mosca, porque en este caso está claro que la expresión no es acertada. Y es que las fronteras se han inventado para los hombres, no para los animales. El guardia había sido testigo muy a menudo de cómo su tan concienzudamente vigilada frontera a los animales no les importaba lo más mínimo. Los ciervos y los zorros pasaban olímpicamente de mojones blancos y escudos nacionales. Había un gato polaco que también solía frecuentar un pueblo del otro lado de la frontera; el guardia estaba convencido de que acudía a la búsqueda de señoritas gatas. Los azores sobrevolaban en círculo, con elegancia, la zona de la frontera. Las hormigas extendían sus hormigueros a ambos lados y construían sus

pequeñas rutas para transportar orugas muertas a través de la frontera, ¡sin pagar en la aduana!

A veces también encontraba personas. Por ejemplo, buscadores de setas desorientados que, excitados por la búsqueda, perdían el sentido de la orientación y lo recobraban en otro país. O leñadores que habiendo bebido de más y, con la osadía del borracho que no conoce límites, emprendían el camino cantando canciones patrióticas.

A esta gente había que meterla en vereda y castigarla. Por eso el guardia tenía la obligación de pedir la documentación a los intrusos y luego denunciar el delito y, si fuera necesario, detener a los agitadores. Por supuesto había también quien traficaba por la frontera con diversas cosas. Alcohol, por ejemplo, tabaco o salchichas de salami.

Hacía poco que a los guardias fronterizos les habían impartido un curso de formación sobre ciertos sujetos aún más peligrosos: aquellos que habían huido de su propio país y trataban de entrar ilegalmente y sin permiso en Europa.

Aquel día de octubre del año pasado, el guardia y el perro estaban subiendo por una colina a lo largo de la frontera. Era una mañana hermosa y transparente y el sol llegaba poco a poco a su cenit para pasar al otro lado. El guardia estaba cansado y quería disfrutar de la retransmisión nocturna del partido. Se alegraba de que la prejubilación estuviera tan cercana, porque entonces podría ver tantos partidos como le apeteciese, y podría pasear por el bosque como cualquier persona, de manera totalmente inocente, relajado, sin desconfianza y sin uniforme.

Fue en ese momento cuando avistó a aquellas personas. Estaban sentadas en el suelo, en silencio, parecía que dormitaban. Solo se movía la mujer que estaba dando el pecho a un niño, se balanceaba hacia delante y hacia atrás. Abarcó el grupo con un rápido vistazo, mientras sentía que le subía la tensión en las venas. Los contó mentalmente (seis: dos hombres, la mujer y tres niños). Tenían aspecto de estar agotados y sus rostros parecían oscuros, como si acabaran de emerger de la penumbra. Llevaban mochilas y ropa gastada. El guardia conocía su deber (ya había descubierto antes a ilegales, inmigrantes, emigrantes, fugitivos, vagabundos que acababan de cruzar la frontera). Nunca hubiera imaginado que pudiera ocurrirle aquello, y además en los últimos días del trabajo.

Les llevaba la ventaja (aparte del arma colgada en la pistolera del cinturón) de que él les veía y ellos a él no. Les contemplaba desde arriba mientras meditaba sobre qué hacer. Según las instrucciones, que conocía muy bien, su obligación era llamar a la central y pedir refuerzos; vendrían con un enorme mercedes todoterreno y se llevarían a los delincuentes al cuartel fronterizo. Les someterían a interrogatorios y les encerrarían. Quizá necesitasen un intérprete. Luego seguramente resultaría que no tenían pasaporte ni visado ni nada que les permitiera quedarse aquí. Al final habría un juicio y serían declarados culpables de haber cruzado ilegalmente la frontera, y les deportarían al lugar de donde habían venido. Eso es exactamente lo que pasa cuando la gente infringe la ley.

El guardia encendió el walkie-talkie. Chisporroteó. Uno de los hombres se movió intranquilo, abrió los ojos y ojeó alrededor. Sin embargo, no miró hacia arriba. El guardia vio con precisión su cara y comprendió que el hombre sentía miedo. Supuso que tal vez se habían perdido y que estaban medio muertos de cansancio y angustia por lo que iba a pasar. Allí abajo, donde estaban sentados, reinaba la oscuridad, como si el frío nocturno acechara solamente entre los helechos y el sotobosque. El hombre se ajustó bien la capucha en la cabeza e intentó leer algo en el mapa que había desplegado en el suelo. «Ya, se han perdido», pensó el guardia y apagó el walkie-talkie. Bruno le miró de manera expresiva, como si le estuviera diciendo: «Piensa bien lo que tienes que hacer ahora».

Avanzó hacia ellos. Le miraron aterrorizados. Percibía su tensión, estaban tensos como una cuerda de guitarra, y a punto de salir disparados a la carrera hacia las sombras del bosque. Se agachó a su lado y les miró amistosamente, al cabo de un largo rato la mujer con el niño le respondió con una sonrisa insegura. Les dijo que no tuvieran miedo porque les quería ayudar y vio que le entendieron.

–¿Dónde estamos? –le preguntaron en una lengua que no conocía pero de la cual entendía cada palabra.

–En Polonia. ¿A dónde vais? –dijo.

–A Alemania –contestaron, y añadieron al cabo de un rato–: ¿Estamos en la Unión?

–Sí –respondió con un orgullo repentino.

Ciertamente, vaciló todavía un momento, pero en el fondo no había nada más que pensar. Nada en lo que tuviese que reflexionar. Necesitaban ayuda. Echó un vistazo sobre su pobre e impreciso mapa y entendió hacia dónde se dirigían. Adivinaba que allí les esperaría alguien que les recogería y les guiaría hacia su país de ensueño, donde estarían seguros, no pasarían hambre y tal vez serían felices. ¿Qué tenía de malo? ¿Que cruzaban sin permiso campos de labranza?

Tomó el mapa y les indicó con un gesto que le siguieran. Le miraron con desconfianza. Fue la mujer quien dio el primer paso. Se ató a la cintura un gran pañuelo a rayas, en el que introdujo al bebé, que se durmió en seguida, ya saciado. Los hombres tomaron a los niños en los brazos y la siguieron, les guiaba Bruno. Avanzaron junto al arroyo, por unos senderos abiertos por los animales, evitando de esta manera todos los posibles puntos de vigilancia. Al cabo de una hora más o menos llegaron a la carretera, y allí les dejó el guardia, al lado de un aparcamiento que en su mapa estaba marcado con un punto rojo. Distinguió un automóvil detenido en un camino del bosque. Estaba bien que alguien les esperara.

–¿De dónde sois? –les preguntó al final, aunque la información de hecho ya no le servía de nada.

El hombre señaló con el brazo el este, o tal vez el sur, y lo movió varias veces, lo que significaba que de lejos. Los ojos del otro hombre se llenaron de lágrimas y se las secó con la manga. El guardia hizo con la mano un gesto que le pareció comprensible en todo el mundo: alzó el pulgar y sonrió abiertamente. Después se dio la vuelta y volvió a su ruta de guardia.

Volvió al cuartel caminando a paso acelerado a lo largo de la carretera asfaltada, mientras Bruno corría a su lado al trote, sin correa y sin el bozal reglamentario. El guardia se sentía aliviado; nunca había tenido una certeza tan clara de que pudiera gustarle su trabajo.

Hacía tiempo que el sol había pasado al otro lado, y la tarde de otoño poco a poco se estaba tiñendo de naranja. Si se daban prisa, el hombre y el perro aún llegarían a tiempo para ver el partido.

Max Frisch

El judío andorrano

En Andorra vivía un joven al que todos tomaban por judío. Dignos de contar serían sus supuestos orígenes, su trato cotidiano con los andorranos que en él veían al judío: la imagen preconcebida que le aguardaba en todas partes. Por ejemplo, la desconfianza que despertaba su carácter que, como hasta los andorranos saben, no correspondía al de un judío. Se justificarán aduciendo su inteligencia, que precisamente se agudizaba por necesidad. O su vinculación al dinero, que tanto importa en Andorra: sabía, presentía lo que todos pensaban; hizo un continuo examen de conciencia para comprobar si solo pensaba en el dinero, hasta que descubrió que así era: en efecto, solo pensaba en el dinero. Lo admitió; hasta porfiaba en ello mientras los andorranos se miraban en silencio sin que un temblor estremeciera las comisuras de sus labios.

También en lo referente a la patria sabía bien lo que pensaban; en cuanto afloraba la palabra de sus labios, la ignoraban como la moneda que reluce en el fango. Pues un judío, como también sabían los andorranos, tenía una patria que elegía, que compraba, jamás una patria chica como la nuestra, de nacimiento, y por muy bienintencionadas que fueran sus palabras, como cuando estaban en juego los intereses de los andorranos, su discurso caía en un silencio sin ecos como de algodón.

Más tarde supo que por lo visto carecía de tacto, sí, así se lo dijeron sin más rodeos, cuando en cierta ocasión, desalentado por el comportamiento de sus convecinos, se permitió dar rienda suelta a su pasión. La patria no solo era algo ajeno que pertenecía única y exclusivamente a los demás, antes, ahora y siempre, sino que tampoco se esperaba de él que la pudiera amar, al contrario, su perseverancia en demostrarlo y la propaganda que de ello hacía, tan solo abrían un abismo de sospecha; él aspiraba a alcanzar un favor, una ventaja, su simpatía de sus convecinos, lo cual se percibía como el medio para alcanzar un objetivo, incluso aunque no se lograra dilucidar objetivo posible.

No obstante, así siguieron las cosas hasta que un día, gracias a su perspicacia incansable que todo lo analizaba, descubrió que en realidad no amaba a la patria –ni siquiera la mera palabra–, pues cada vez que la necesitaba, le dejaba en ridículo. Por lo visto, tenían razón. Por lo visto, él ni tan siquiera era capaz de amar, al menos en el sentido andorrano del término;

aunque en él ardiera el fuego de la pasión, de eso no cabía duda, cómo obviar la frialdad de su intelecto, que a su vez se percibía como el arma encubierta de su sed de venganza, siempre cargada y presta a detonar; no era una persona sensible, carecía de empatía; carecía, inequívocamente, de la calidez que inspira la confianza. Tratar con él era estimulante, sin duda, pero no era agradable ni acogedor.

No conseguía asimilarse a los demás, así que después de sus vanos intentos por pasar desapercibido, empezó a jactarse de su carácter discordante con una suerte de obcecación y orgullo, tras los que se adivinaba una hostilidad solapada siempre al acecho que, al no serle agradable ni tan siquiera a sí mismo, endulzaba con una cortesía solícita; incluso cuando saludaba a alguien con una ligera inclinación, en aquel gesto se percibía cierto reproche, como si fuera la gente que le rodeaba la culpable de que él fuera judío.

La mayoría de los andorranos no le hacían absolutamente nada. Es decir, tampoco nada bueno. También es cierto que los andorranos de talante liberal y progresista, como ellos mismos se definían, se sentían obligados a preservar el bienestar y la dignidad del género humano. Estimaban al judío, como ellos mismos recalcaban, justamente por los atributos judíos de su carácter, su inteligencia, etc. Le defendieron hasta su muerte, que fue crudelísima, tan cruel y repugnante, que incluso horrorizó a aquellos andorranos que fueron testigos impasibles de su cruda existencia. No lamentaban su muerte, las cosas como son —ni siquiera notaron su ausencia—, tan solo clamaron a los cuatro vientos su indignación con quienes le mataron y la muerte tan vergonzosa, tan vergonzosa que le dieron.

Se comentó durante mucho tiempo. Hasta que un día salió a la luz lo que jamás llegó saber él mismo, el fallecido, que fue un niño abandonado cuyos padres se conocieron demasiado tarde: en realidad, era tan andorrano como nosotros...

Nunca más se comentó. Pero desde aquel día, siempre que un andorrano se miraba al espejo, adivinaba en su propio reflejo con espanto el rostro de Judas, todos y cada uno de ellos.

Ljudmila Petruševskaja

El muro blanco

Estaba el Muro. Y también había un árbol.

El Muro llevaba allí cientos de años y ya se lo consideraba una curiosidad histórica. Era un Muro blanco, antiguo y no muy alto si lo juzgamos con los criterios de hoy. En sus esquinas se alzaban garitas, había edificios dentro del perímetro que cerraba y en torno al portón imperaba la soledad. En definitiva, era un Muro como cualquier otro.

Aún así, era el orgullo de los historiadores locales, quienes, fieles a su costumbre, habían hecho correr ríos de tinta sobre sus variadas peripecias. En los últimos siglos el Muro había visto de todo: lo habían asaltado, lo habían asediado y atacado con mazas y balas, lo habían incendiado y derrumbado; cada vez, los estragos que padecía se paliaban con arreglos, remiendos y capas de pintura. Siempre había mucho ajetreo en torno al Muro. Junto a él se tomaban decisiones y hasta se promulgaban leyes. También ejecutaban ciertas acciones y se cumplían órdenes. A los colegiales los obligaban a memorizar fechas y nombres propios relacionados con el célebre Muro. Entretanto, él, blanco y altivo, permanecía impasible.

Al principio, cuando lo levantaron, el lugar era un descampado. En torno al Muro se extendían campos y bosques, profundos lagos y barrancos. La fortaleza estaba lejos de la civilización. Pero muy pronto construyeron un camino que llevaba hasta ella. ¡Y ahí empezó todo!

A pie o en carruajes, la gente iba y venía de la fortaleza. Lo mismo se escuchaba el tañido de las campanadas de los funerales, que el estruendo de los cañones que pretendían asaltarla, o las reparaciones que a veces se prolongaban por veinte años. Había tropas que cabalgaban durante días y peregrinos que andaban semanas para alcanzar el Muro. Después algunos tomaban el camino de vuelta. Reparemos en ello: sólo algunos volvían.

Más tarde, la ciudad se fue acercando al Muro, lo rodeó de calles, casas, torres, y el Muro dejó de ser la construcción más elevada y significativa del lugar. Aun así, continuó siendo la más antigua y enigmática de todas. La rodeaba el secreto, un horrible secreto.

Porque la diferencia entre el número de personas que traspasaban el Muro y las que salían de él no dejaba de aumentar. Llegaban cuatro y apenas tres conseguían salir. Llegaban dieciocho y se marchaban seis. Y después repicaban largamente las campanas.

Pero junto al Muro, en su lado exterior, creció un árbol que fue desplegando poco a poco su follaje bajo el sol. Y un día le susurró al Muro:

—Hola, soy un árbol. He crecido aquí durante cien años y alcanzado una gran altura. Antes no respondías a mis preguntas. Pero ahora ya podemos hablar. Casi soy más alto que tú, ¿lo aprecias?

El Muro le respondió:

—No deberías haber crecido aquí. Y la rama que cruza por encima de mí me incomoda mucho. No debería existir. Recógela. Es peligrosa.

El árbol repuso que no podía hacer tal cosa.

—Te talarán –le advirtió el Muro. Y añadió–: Lo harán muy pronto.

El árbol calló. Era la primera vez en toda su vida que recibía una amenaza de muerte. Jamás hubiera esperado que le ocurriese algo así.

—Conseguiré que te echen abajo –dijo el Muro.

En eso apareció en el camino hacia el Muro un vehículo escoltado por otros más pequeños. El portón se abrió y todo el convoy entró en el recinto. Un rato más tarde, el portón se abrió otra vez, los vehículos salieron y se perdieron a lo lejos.

—Pude ver que bajaron de los vehículos siete personas y entraron en un edificio –dijo el árbol–. Pero han salido cinco. ¿Y las otras dos?

Se hizo un prolongado silencio. El sol brillaba en lo alto. Las nubes vagaban lentamente recortadas sobre el cielo.

De pronto el Muro volvió a lo suyo:

—Pronto ya no estarás más ahí, ¿lo comprendes? Siendo así, ¿qué más te da lo que suceda aquí dentro?

El árbol replicó que todo el mundo tiene su propio camino que recorrer. Y que ese camino siempre acaba por terminar alguna vez.

—No es cierto –protestó el Muro–. Para algunos el camino no tiene fin.

Las nubes continuaban vagando por el cielo; los pájaros revoloteaban en torno a las torretas de vigilancia.

El árbol no había quedado satisfecho:

—Pero quienes recorren el camino están vivos. Se alimentan, formulan preguntas. Esperan respuestas.

El Muro tardó en responder. Acabó haciéndolo con voz pausada, como desganado.

—Mírate a ti, por ejemplo —dijo—. Me temes y haces bien en temerme. Pronto dejarás de existir. ¿Acaso puedes imaginar cuán difícil me resulta estar en este mundo, sabiendo que soy su sostén? A mí, que jamás he incumplido una promesa. Ni siquiera bajo amenaza de muerte.

Añadió que él, el Muro, había conservado siempre su solidez, jamás olvidó su misión y supo hacer oídos sordos tanto a las amenazas como a las promesas. Había mostrado sabiduría y convicciones fuertes, afirmó. Y sostuvo que tenía la conciencia limpia.

—Mi color es el blanco —subrayó.

Y añadió que podía detectar cualquier jugarreta urdida por los hombres.

—Una vez —explicó el Muro— tuvo lugar un suceso que afectó a uno de los miembros de mi clan. Había gente resguardada tras un muro como yo. Estaban seguros, cuando de pronto los enemigos que asediaban la ciudad dejaron un caballo de madera frente al portón. Un caballo enorme como un elefante. Lo instalaron allí y se retiraron. La visión del regalo encandiló a los defensores de la fortaleza y, protegidos por una nutrida tropa, salieron a buscarlo y lo condujeron al interior del recinto amurallado. «En un caballo como ese se puede viajar como en un carruaje», se felicitaban.

»Eso fue lo que hicieron —prosiguió el Muro tras una pausa—. ¡Es así de fácil engañar a los hombres con un juguete nuevo! Pero resultó que en medio de la noche unos asesinos armados surgieron del vientre del caballo y pasaron a cuchillo a toda la guardia de la fortaleza. Y así consiguieron apoderarse de la ciudad y echar abajo el muro.

El árbol dijo que ya conocía esa historia y que la ciudad se llamaba Troya. Añadió que grupos de escolares solían reunirse bajo sus ramas cuando estaban de excursión y hablaban de muchas cosas.

—¿También a usted lo han asediado? —preguntó.

—Naturalmente —respondió el Muro—. ¡Cuánto no he tenido que aguantar! Es ahora que luzco así de blanco y pulcro, pero más de una vez me han abierto un boquete en un flanco. Me han atacado, han colocado explosivos para destruirme.

Entonces el árbol le preguntó por qué. ¿Por qué lo atacaron?

—¿Qué es lo que guardas ahí dentro? —inquirió.

El muro respondió que guardaba el misterio de la vida.

—El secreto de qué vida —preguntó el árbol—. ¿También el de la mía?

El Muro se hundió en un prolongado mutismo. Después de palabras tan solemnes como las que acababa de decir, ¡había que callar por lo menos durante un año! ¡Y sobre todo abstenerse de preguntar!

Su mutismo se prolongó durante varias horas. Cayó la noche sobre la ciudad y mucho después alumbró el lucero del alba. Pero al amanecer el árbol formuló nuevamente la misma pregunta con toda ingenuidad. El Muro le respondió de mala gana:

—Guardo el misterio de la vida de todos, del pueblo entero. ¿Lo comprendes?

En ese instante se escuchó el golpeteo parejo y preciso de muchas botas. Provenía del otro lado del Muro. En medio de aquel sonido acompasado, se podía distinguir el torpe susurro de unos pasos vacilantes. Y se escuchaban también unos sollozos ahogados. Y una voz que balbuceaba una oración. Las quietas calles resplandecían bajo las primeras luces del alba. Se hizo el silencio. Hasta que el Muro lo rompió:

—De no ser por mí, no existiría nada. No habría vida, ni alegrías; no habría niños. Ni familias. No habría escuelas ni hospitales. No habría nada de nada. Soy un Muro blanco, impecable en mi blancura, y he sido fiel a mi deber sagrado. Estoy aquí porque me correspondió velar por la vida. De no haber sido por mí, el mundo se habría ahogado en sangre. A ti te habrían convertido en leña hace mucho tiempo. Nadie labraría los campos ni sembraría la tierra. Tan sólo trabajarían los comerciantes de armas. Por cierto, hay continentes enteros donde imperan los comerciantes de armas.

—Yo sé cuál es el secreto que escondes —dijo el árbol—. La semana pasada hubo otra de esas excursiones por aquí. Y hablaron de ti: dijeron que eres una cárcel. ¡Cárceles hay en todos lados, también donde hay guerras! Allí las cárceles están llenas a rebosar. El guía que acompañaba a uno de los grupos de excursionistas habló de esas prisiones. Hay gente que permanece encerrada en ellas de por vida. Y sin causa alguna. A veces apenas por culpa de su nacionalidad.

—Eso nada tiene que ver conmigo, recuérdalo bien. Yo no soy una cárcel, ¿cómo se te ocurre? Yo sólo soy un Muro. Un Muro honesto, sagrado, blanco.

Andrea Camilleri

El hombre que temía al género humano

Érase una vez un hombre tan, tan, pero que tan rico que tenía todo su dinero apilado en una enorme y vieja mina, blindada y custodiada por un ejército privado. Un buen día este hombre empezó a tener miedo de los demás. El fenómeno se desarrolló en dos fases: en la primera un terror irrefrenable le invadía cada vez que encontraba a un desconocido, lo cual le obligó a encerrarse en casa; la segunda empezó cuando fue víctima del mismo incontenible terror frente a los pocos amigos que tenía. Entonces entendió que los que le hacían sentir así eran todos los seres humanos.

No tenía miedo de que le robaran el dinero, no tenía miedo de que lo secuestraran para exigir un rescate millonario ni de que lo mataran en algún levantamiento popular; no, el suyo era un pánico genérico, del todo inmotivado y, por eso, aún más insoportable. En cuanto veía acercarse a la camarera que le servía el desayuno en la cama por las mañanas se apresuraba a esconderse bajo las mantas, sudoroso y entre temblores.

Vivía en una enorme mansión en el campo, rodeada por un gran parque, y era atendido por secretarios, camareras, camareros, cocineros, mozos, jardineros y chóferes.

Su primera decisión fue despedir a gran parte del personal, empezando por los chóferes, dado que ya no iba a salir de la mansión, y siguiendo por los secretarios, que reemplazó con unos cuantos ordenadores.

Luego le pidió al mayordomo, que ya había estado a las órdenes de su padre y que no le daba tanto miedo, que difundiera un comunicado

donde se establecía un horario estricto para todos los empleados. De esta forma, si por ejemplo le apetecía dar un paseo por el parque, el hombre evitaría encontrarse con algún jardinero, o cruzarse con una camarera al pasar de una habitación a otra.

Acto seguido ordenó aumentar de dos a seis metros la altura del muro que rodeaba la mansión y el parque, y dejar abierta sólo una de las tres puertas de acceso; al mismo tiempo convocó al mayor experto de robots del mundo y le encargó una serie completa de autómatas para sustituir al personal de la mansión.

Al cabo de un año le entregaron los robots y él pudo despedir a todo el mundo, el viejo mayordomo incluido.

Por supuesto, al principio su escasa familiaridad con aquel centenar de mandos a distancia le planteó algún que otro inconveniente. Había mañanas en las que, en lugar de que apareciera el robot-camarera con el desayuno, la puerta se abría de par en par y el robot-jardinero entraba en compañía de su amenazador cortacésped y empezaba a perseguirlo por toda la casa.

Sin embargo, ahora se sentía seguro. Salvo porque un día, mientras paseaba por el parque, notó al otro lado del muro a un hombre en el interior de la cabina de una grúa que medía mucho más de seis metros. Aterrado, ordenó que se levantara una protección de cincuenta metros.

Pasado un mes de la conclusión de las obras, una mañana de verano en la que el hombre se estaba bañando en la piscina, un helicóptero sobrevoló muy de cerca la mansión. El hombre que temía a sus semejantes saltó fuera del agua y se lanzó de cabeza entre las matas. Luego, conmocionado, se precipitó hacia el teléfono para ordenar la construcción inmediata de un tejado que cubriera por completo la mansión y el parque.

Mientras duraron los trabajos vivió en el sótano rodeado por sus robots.

Pudo volver a disponer de su casa un año después. Como todo estaba envuelto en la más absoluta oscuridad, tenía que dejar la luz siempre encendida. En el parque también. Allí, como es natural, las plantas y los árboles empezaron a secarse al cabo de apenas un año.

Una noche se desencadenó una especie de huracán terrible. El viento arrancó parte de las tejas y abrió un gigantesco agujero en la techumbre.

Así que, al despertarse a la mañana siguiente, el hombre adinerado vio que la luz del sol volvía a inundar su habitación. ¡Pero entonces por aquel enorme agujero los hombres entrarían a su antojo! ¡Era un peligro gravísimo! ¿Qué podía hacer? ¿Ordenar que se fabricara una cubierta de acero? ¿O reducir el espacio a su alrededor? Se decidió por la segunda solución.

Llamó de nuevo a los albañiles y, mientras él se quedaba encerrado en la mansión, mandó construir en el parque una habitación de tres metros por tres con el techo de acero, adonde se trasladó de manera definitiva.

De todos los robots que tenía a su disposición, decidió quedarse sólo con el robot-cocinero, que también podría ir a buscar las provisiones que le dejaban delante de la única reja automática en uso. Abandonó al resto de robots en la mansión.

Sin embargo, una noche oyó unos extraños ruidos procedentes del exterior. Entornó la puerta y vio a unos ladrones saqueando la casa. Debían de haber entrado cuando la reja se abría para permitir al robot ir a por las provisiones.

Una idea escalofriante cruzó por su mente. ¿Y si los ladrones lo atacaban de noche en su habitación? ¡Se encontraría frente a frente con otros seres humanos! Tenía que evitar aquel riesgo a toda costa. Pero

¿cómo? Lo meditó durante tres días y tres noches seguidas hasta que creyó haber dado con la solución. Pidió que le fabricaran dos muretes de cuarenta centímetros de alto y dos metros de largo, cubiertos por una losa de las mismas dimensiones. De esa manera podría entrar a rastras a su nueva habitación por la abertura lateral y, una vez dentro, cerrarla con una piedra.

Aquel habitáculo se parecía muchísimo a una tumba. Aunque él no se dio cuenta.

Apenas llevaba dos noches durmiendo allí cuando hubo un leve terremoto y una pesada roca rodó hasta la entrada del habitáculo y la obstruyó.

Así fue cómo el hombre que le tenía miedo al género humano se convirtió en un fantasma. Un fantasma que, claro está, sentía pavor ante los demás fantasmas. Pero que ya no podía hacer nada, porque, como todos sabemos, los fantasmas atraviesan los muros.

Jiří Kratochvil

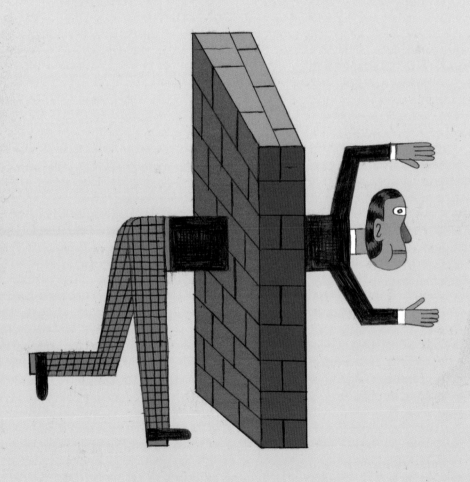

Johánek y el king

–¿Así que realmente sabe traspasar los muros? ¿Será digno de la fama que le precede? –preguntó el king–. Le he invitado para que nos entretenga a mí y a mis visitantes, la gente de mi rama mediática, gente de la tele, los ordenadores e internet. Esto, por ejemplo, es un muro de bloques de mármol y tras él está la sala de conferencias.

–Entiendo –dijo Johánek–. Sea tan amable y vaya corriendo a la sala, enseguida voy.

Y así fue. Nuestro Johánek atravesó la pared igual que Alicia el espejo y cuando salió por el otro lado, extendió los brazos e hizo una reverencia como los gimnastas en la barra fija.

Y así pasó Johánek, en este hospitalario palacio, todo el mes, durante el cual alternaba un rico repertorio de atravesamientos de muro y recogió el aplauso, que por otra parte los profesionales de la televisión suelen ahorrar tanto como pueden. Así que por ejemplo, tras una infinita y aburrida conferencia sobre las comedias de situación televisivas, y tan pronto sus participantes pasaban al comedor, Johánek servía de camarero. Se repartía la cena. Sopa de Sechuán y salmón asado. Johánek cargaba bandejas repletas de cuencos y platos llenos y cruzaba la gruesa pared embaldosada de la cocina al comedor, donde, cuando aparecía por la pared con la carga equilibrada en ambas manos, cosechaba un aplauso efusivo. El café generalmente se repartía en el salón de la chimenea y los retratos colgados en las cuatro paredes de los fundadores de la industria televisiva y destacados empresarios del campo del software. Johánek se entrenaba para atravesar los muros del salón saliendo siempre directamente de alguno de los retratos, vestido del respectivo fundador o empresario. Y se ganó alguna corona de más apropiándose de algún detalle pícaro de cada una de las insignes figuras. Así, por ejemplo, para gran gozo de los presentes, salía de uno de los retratos como Bill Gates con las largas orejas del mitológico rey Midas.

Pero al fin pasó el tiempo de Johánek en el palacio, el contrato expiró, y el último día el anfitrión quiso aún hablar con Johánek:

—Es usted realmente bueno —le halagó—. No sólo puede cruzar las paredes, sino que también es un gran travieso. Y también me he dado cuenta de que durante este mes realmente no ha desperdiciado el tiempo y ha conseguido intimar con mi hija. ¿No querrá huir y casarse con ella contra mi voluntad? ¿O sólo deshonrarla y abandonarla? —husmeó el king.

Pero Johánek negó con la cabeza:

—Ni lo uno ni lo otro, el honor de mi rama de la comedia no permite tal infamia.

—Pues eso es un error, Johánek. Usted aún no ha entendido que lo principal por lo que le invité no era cruzar paredes de piedra, de ladrillo y de hormigón. Sí, querido Johánek, existen muros mucho más impenetrables con los que sí se ganará las espuelas. Usted es sólo un comediante, un bufón, y yo soy el king de la rama de la televisión y de internet, usted es pobre y yo estoy entre los diez hombres más ricos y poderosos del país. ¿Ya ve el muro que nos separa?

Y el king estiró su largo brazo y tocó a Johánek en el hombro:

—Y este muro lo puedes cruzar ahora huyendo con mi hija...

Pero Johánek volvió a negar con la cabeza:

—Pero entonces no es ningún problema, si usted mismo me lo ofrece, si usted mismo me abre el muro...

—¡Listo, Johánek, un chico listo! Sí, no se corte, pero yo tengo en la mente un muro invisible algo distinto —reconoció al fin el king—. Johánek, vivimos en un mundo en el que las princesas se juntan con fotógrafos de calle y los príncipes se enamoran de cajeras de supermercado. Y así caen muros muy, pero que muy antiguos. Y veamos, eso humaniza las anticuadas monarquías, les ofrece una especie de image gracias a la cual los reinos recuperan la simpatía del pueblo. Y es por eso que te he llamado. Me gustaría seguir ampliando más, más y más mi reino. Pero por desgracia ya empiezo a topar con el muro de la incomprensión. Hay algunos que aseguran que la televisión, los ordenadores e internet sin duda son muy buenos sirvientes, pero que es una desgracia

cuando empiezan a gobernar... Por eso busco los medios para atravesar a tiempo este muro. Y una de estas apisonadoras puedes ser también tú, Johánek. Si huyes con mi hija. Luego brindaré a este escándalo familiar el espacio suficiente, ¡sacaremos de ello un enorme capital mediático! Y este tipo de cosas a la gente le gusta muchísimo, te quedarías de piedra, Johánek, de cómo nos humanizará llamativamente, ¡de la imagen inmortal que nos dará!

Pero en ese momento Johánek meneó la cabeza intranquilo y luego metió la mano en el bolsillo y sacó de él un ca...

–¿Qué pasa? –brincó D. H.–. ¿Qué ha pasado? –Y miró al monitor del que la story, la telenovela sobre Johánek y el king se esfumó a media palabra. ¡¡Cómo me enteraré ahora de lo que ha sacado Johánek del bolsillo?! ¿Un ca-talizador, un ca-dáver, un ca-mello, un ca-tálogo? Entonces D. H. intentó aún probar con el ratón y clicar diferentes ítems e iconos, pero la telenovela sobre el comediante y el king ya no apareció. ¿Huyó Johánek con la hija del king? ¿Y el king al fin les organizó una generosa boda? ¿O viven sin más en un barrio bajo de la ciudad, en una casita hecha de cajas de plátanos? ¿Cómo me enteraré ahora? ¿Qué debió sacar Johánek del bolsillo?

D. H. giró lentamente la cabeza y vio que a varios metros de él también había alguien sentado frente a otro monitor. Se quedó pensativo y luego con cuidado se levantó y quiso ir hacia él. Pero él, con la cabeza siempre vuelta hacia el monitor, le vio por visión periférica y le silbó en señal de advertencia.

–Perdona, sólo quería pedirte consejo. Soy D. H., tu hermano.

–No eres ningún hermano mío –siseó F. H.–. No hay hermanos. Sólo el Gran Hermano.

D. H. regresó a su monitor y allí volvió a intentar infructuosamente encontrar la story interrumpida, la telenovela interrumpida. Luego miró con cuidado a la izquierda y allí también había alguien sentado frente a su monitor. D. H. de nuevo se quedó reflexionando y tras un pequeño titubeo lo intentó también con el de la izquierda.

Sin embargo, éste sólo silbó en señal de advertencia y D. H. se frenó y volvió a su pantalla.

Y él no podía ver lo que vemos nosotros desde aquí, es decir el tema del que trata este cuento: a izquierda y derecha se extiende una larga, sí, infinita fila de los que están sentados frente a sus pantallas, sus monitores, y la mayor parte de las veces no se ven entre sí ni en visión periférica, separados por muros invisibles.

Y ahora ya una respuesta para los curiosos obcecados. ¿Qué debió sacar Johánek del bolsillo (y se metió en la boca)? ¡Un ca-ramelo! ¿Qué, lo habíais acertado?

Del muro a las estrellas

El Muro estaba en una isla ajardinada unida al resto del parque por doce puentes de distintos estilos y colores. Era uno de los monumentos más antiguos del planeta, el resto de una muralla que, en sus tiempos, tuvo siete mil trescientos kilómetros de longitud y fue reparada y defendida a lo largo de más de mil años. Los hombres de siglos atrás creían firmemente en la necesidad de construir muros para protegerse de los otros hombres, los que tenían otro color de piel, otras creencias u otra lengua.

Habitualmente el parque era un lugar tranquilo porque sólo algunos grupos de alumnos con sus maestros se animaban a realizar el largo viaje que llevaba hasta allí, mientras que la gran mayoría de la población prefería la visita virtual; pero aquella mañana de primavera una auténtica multitud se había desplazado físicamente hasta el parque para ver con sus propios ojos la ceremonia de la adhesión del planeta Tierra a la Federación de Mundos, la gran Ekumene.

Junto a las ruinas del muro se había instalado una tribuna circular con doce sillones en los que, bajo la dorada luz de mayo, se sentaban seis humanos y seis extraterrestres procedentes de distintos sistemas solares. Dos de ellos necesitaban trajes especiales para adaptarse a las condiciones del planeta que los acogía y tenían un aspecto muy alejado del humano.

La primera parte de la ceremonia, que había consistido en un concierto y una exhibición de acrobacia, estaba llegando a su fin. En un lateral, doce niños con su maestra se preparaban para salir al escenario a interpretar el ritual por el que el planeta Tierra dejaría constancia de haber llegado al nivel necesario para formar parte de la Federación. La tercera parte sería llevada a cabo por el delegado humano y el delegado de los mundos y consistiría en el compromiso de adhesión a la Ekumene.

Los niños salieron al escenario conscientes de la importancia de su misión, de que representaban a toda la humanidad. Con las manos unidas, sonrientes, empezaron a contar, por turnos, la historia que les habían encargado que narraran.

«El muro es el símbolo del miedo. Los antiguos necesitaban muros para protegerse de los que eran diferentes. A veces construían muros para que los otros no pudieran entrar; otras veces los alzaban para que los de dentro no pudieran salir y trataban de convencerlos de que era por su bien, por su protección, de que vivían en un lugar maravilloso envidiado y deseado por los de fuera. Los muros servían para encerrar a las personas físicamente, para quitarles la libertad.»

«Los que habían nacido detrás de un muro tenían que quedarse donde estaban. Los que habían nacido en otros lugares podían viajar dentro de un territorio mucho más amplio, pero tampoco podían atravesar ciertos muros. Los que habían sido encerrados como castigo tenían que cumplir el plazo de privación de libertad que les hubiera sido fijado. La desobediencia se castigaba con la muerte.»

«No sólo erigían muros de piedra como éste para separar físicamente a las personas, sino que también fabricaban muros mentales que separaban a unos pueblos de otros, a unas castas de otras, a un sexo de otro. En algunos lugares, los hombres no podían convivir con las mujeres, en otros los que tenían más bienes materiales estaban totalmente separados de los que tenían menos, en otros más los muros mentales dividían a los que tenían poder de los que no lo tenían, a los que creían en divinidades de los que no creían en nada más que en lo visible. El mundo estaba lleno de muros de todo tipo, de obstáculos para la unión. Esos muros fueron los que más trabajo costó derribar cuando comenzó el cambio del Pensamiento Nuevo que debemos a Frida.»

«Cuando aún estaba en la guardería, jugando con piezas de construcción, Frida quiso construir un jardín, mientras los otros niños hacían castillos y fortalezas. La maestra le dijo que debía rodearlo de una muralla para proteger las flores, pero Frida contestó que ella quería que sus flores fueran libres y tuviesen buena vista.»

«Entonces es cuando, según se dice, Frida en lugar de hacer una muralla en torno a su jardín, cogió las piezas y las fue colocando una tras otra, horizontalmente, para hacer caminos, carreteras y puentes que conectaran las construcciones de todos sus compañeros y, poco después formuló lo que sería la semilla del gran cambio: "Con los mismos materiales se construyen los muros que los puentes".

Apenas pronunciada la frase de Frida, empezaron a sonar flautas y tambores y los niños comenzaron a moverse al son de la música mientras

giraban y cantaban frases que resumían el pensamiento humano ahora que el planeta estaba a punto de entrar en la gran Ekumene de mundos.

«Cuando miras a alguien y apartas la mirada, haces un muro. Si mantienes la mirada en los ojos del otro y sonríes, haces un puente.»

«Si hablas con el que es diferente y escuchas lo que te dice, construyes un puente que enriquece a los dos. Si le niegas la palabra o cierras los oídos, haces un muro y te escondes detrás; solo, asustado.»

«Creemos en los puentes y acabamos de construir el que nos une al universo.»

«Doce es el número del mundo: las cuatro direcciones multiplicadas por las tres dimensiones. Por eso tenemos doce puentes en la isla y doce delegados en la tribuna.»

«Cada puente es distinto porque lo diferente es lo que hace hermoso el universo: la variedad de colores, de seres, de pensamientos.»

«Conservamos esa ruina para recordar que los muros no dejan ver, separan, hacen posible creer que lo que está al otro lado es el enemigo, la amenaza, lo malo, lo impuro. Por eso todas nuestras paredes son móviles, transparentes o traslúcidas.»

«Por eso somos constructores de puentes.»

Los chicos quedaron en silencio, jadeando por el esfuerzo, con los rostros y los brazos alzados cara al cielo y una sonrisa en los labios.

El delegado de la Federación se puso en pie, se colocó la máscara traductora sobre la boca y, haciendo el saludo de la paz, dijo:

—Hace mucho que esperamos este momento, muchos siglos en los que los humanos eran solamente constructores de muros y su historia era una historia de guerra y de exclusión, como lo fue la de muchos de los planetas que ahora forman parte de la Federación de Mundos. Pero ahora habéis tendido un puente hasta nosotros y nos hace felices recibiros entre nosotros. ¡Bienvenidos a la Ekumene!

Los chicos bajaron del escenario, agotados y felices, dejando a los políticos la tarea de concluir la firma del tratado que uniría la Tierra al resto de los mundos habitados.

–¿Tú crees que todos esos extraterrestres son de verdad como nosotros? –susurró uno de los chicos a su mejor amiga.

Ella se encogió ligeramente de hombros.

–Eso dicen ellos. Pero, desde luego, los dos que llevan traje protector parecen cualquier cosa menos humanos.

–Menos mal que nosotros dormimos en otra parte –dijo otra niña con una sonrisa traviesa–. Creo que me daría un susto de muerte abrir los ojos por la mañana y verles la cara.

–La verdad es que a veces los antiguos tenían algo de razón con lo de levantar muros.

Todos los chicos que habían conseguido oírlo soltaron una risilla contenida.

–¡Shhh! Que no te oiga la maestra, precisamente hoy.

–No me digáis que no estaría bien poner a los más feos detrás de la ruina para no verlos –insistió.

Entre risas, los chicos se alejaron hacia los árboles.

Miklós Vámos

A precio de ocasión

Durante el socialismo la situación fue mejor para las chicas. No tenían que hacer el servicio militar. Algunos padres y abuelos desnaturalizados sostenían que el servicio de dos años producía efectos beneficiosos. ¡Aprenderéis un poco de respeto! Mal rayo os parta, pensábamos. Nosotros, al menos, hicimos todo lo posible para que fueran otros los que aprendieran un poco de respeto en el ejército popular de la República Popular de Hungría, en lugar de nosotros. Pulveriza diez tizas blancas, de ésas escolares, disuelve el polvo en un vaso de agua y tómatelo justo antes de la revisión para ser declarado apto. Por la mañana bébete veinte tazas de café negro fuerte, cargado como el diablo. Finge que eres epiléptico, o esquizofrénico, o psicópata: lo más efectivo es lo de la epilepsia, siempre y cuando seas capaz de mantener en la boca suficiente cantidad de espuma de jabón a la que, en el momento oportuno, puedas expulcar hacia afuera. Consigue un certificado médico que declare que has sufrido un infarto, o un derrame cerebral, o doble fractura de clavícula.

Nunca supimos de nadie que hubiera podido evadir el servicio con alguno de los métodos mencionados, pero estábamos convencidos de que si lográbamos ser lo bastante habilidosos, tendríamos éxito. No lo fuimos. Por fortuna, para cuando cumplimos los dieciocho años, ya habían aprobado la fórmula denominada "Preingreso universitario". El muchacho que lograba ser admitido en alguna escuela superior o universidad se incorporaba a filas antes del inicio de sus estudios, aunque sólo por un año (en servicios de frontera por tres). Lo cual significaba una gran diferencia.

A algo más de cien kilómetros de la capital se encuentra el pueblo de Kalocsa. Hacia el sureste. No obstante, en ese entonces ir hasta allí en tren llevaba de cuatro a cinco horas. Partíamos de la desvencijada estación de Józsefváros y luego cambiábamos de tren, después de una larga espera para la conexión, en un poblado agrícola. El viejo armatoste de tres vagones, que muy raras veces cumplía con sus horarios, en las colinas tenía que tomar impulso hasta dos veces para finalmente llegar arriba. En invierno la calefacción de los vagones era proporcionada por una anticuada estufa, a la que el revisor echaba unas cuantas paladas de carbón cuando era necesario. Desde la mínima caseta de la estación de Kalocsa había que

caminar todavía durante tres cuartos de hora hasta el cuartel, situado en un campamento de la frontera.

Nuestro cuartel estaba rodeado, en el lado izquierdo, por un muro de medio metro de grueso y dos metros y medio de altura. Sabíamos que detrás de él estaban los ruskis. Nada veíamos de ellos. Nada oíamos tampoco. Lo que estaba claro era que allá, del otro lado, no había edificaciones de varios pisos. ¿Vivían acaso en tiendas de campaña? Nuestro cuartel fue construido todavía en tiempos del emperador Francisco José. A ambos lados del camino asfaltado había unos cuadrados edificios de cuatro plantas. Las ventanas daban hacia el patio, de manera que, en todo caso, solo hubiéramos podido espiar a los ruskis desde las azoteas. Pero a las azoteas teníamos terminantemente prohibido subir.

De vez en cuando vislumbrábamos una cabeza humana desplazándose más allá del muro, generalmente con una gorra de piel ladeada. Debe de ser un oficial a caballo, pensábamos. Si tratábamos de obtener información de nuestros oficiales, nos ladraban una sola palabra: ¡tabú! Uno de los primeros tenientes llegó a decir:

–¿Qué cuartel soviético? ¿De qué me estáis hablando? ¡No hay ningún cuartel soviético! ¡Ahí viven los obreros de una fábrica!

–¿Húngaros? –preguntó alguien, titubeante–. ¿Y qué te crees, albaneses?

Mentían. Tratábamos de adivinar qué hacían los ruskis detrás del muro. ¿A qué clase de tropa pertenecerían? Si fueran tanquistas, escucharíamos el atronar de sus T-3e4. ¿Se dedicarían acaso a obtener información? Pero ¿qué información podrían conseguir aquí, donde Dios perdió el gorro?

El campo de ejercicios estaba en una pradera detrás de los cuarteles, nunca iban allí. ¿Cómo era posible que perdiesen tan largos años encerrados en aquel lugar, sin que se les viera siquiera el pelo?

Circulaban todo tipo de rumores. Se afirmaba que los desertores, allá del otro lado, eran castigados con la muerte y los sentenciados eran fusilados junto al muro del otro lado, en las madrugadas, o en las noches de tormenta, cuando los truenos tapaban el traqueteo de los fusiles. A veces el viento traía hasta nosotros olores de extrañas comidas. Sopa de repollo, dijo alguien. Borsch. Otras veces llegaba olor a cebolla y a pescado requemado.

Los días transcurrían con cruel lentitud. Cuanto más nos aproximábamos al final de nuestro servicio militar, más parecía avanzar el tiempo a paso de tortuga. A veces era como si estuviese detenido del todo. Pero por fin, de alguna manera, logramos emerger del subsuelo. Cuando nos licenciaron, y descendiste del tren en la estación de Józsefváros, nos prometimos, con un sagrado juramento, no volver a poner los pies en Kalocsa en esta vida, es más, ni siquiera en esta desvencijada estación. Aquellas provincias del país a las cuales había que llegar tomando el tren desde aquí, dejaron de existir para nosotros.

Tú lo cumpliste. Un bufante ferrocarril arrastró tu vida hacia adelante, como a un vagón anexo, hasta algunas regiones conocidas, y otras desconocidas. Estuviste enamorado, fuiste esposo, padre, triunfador, divorciado, apasionado, becario, derrotado, y anduviste por aguas libres, en las que libremente estuviste a punto de ahogarte, hasta que llegaste a puerto a duras penas. Pero no quisiste volver a oír de la estación de tren ni de Kalocsa, ni siquiera cuando, como un guiño particular de la vida, te enviaron allá en misión de trabajo. Preferiste declarar que estabas enfermo. No mentiste: el sólo pensar en el escenario de tus tiempos de soldado te hizo sentir mal.

Observaste que otros superaron con facilidad el año más feo de vuestra juventud. En fiestas caseras fue frecuente que hombres contemporáneos tuyos contaran anécdotas de los meses pasados en el ejército popular, de una forma parecida a como uno habla de sus aventuras de bachillerato. Aparentemente ellos no sufrieron tanto como tú. Su sistema nervioso de alguna manera transformó el recuerdo de los horrores en hechos pacíficos. Dejaron de representar el fascismo cotidiano de tercera fila como a una caricatura del socialismo, con sus monstruosas exageraciones, pues en eso lo transformaron los torpes oficiales que nos entrenaron para la defensa de la patria. Sus historias parecían tomadas de Švejk.

No comprendiste cómo lo pudieron olvidar. Siete de entre vosotros murieron: tres se pegaron un tiro mientras se encontraban detenidos y el resto fueron víctimas de accidentes y de errores humanos en el campo de

entrenamiento. Nada significativo, un porcentaje de desecho aceptable, opinó X, el capitán.

El tiempo, sin embargo, te fue llevando a estaciones cada vez más desconocidas. No estabas solo en los vagones iluminados, estaban también tus seres queridos. Tu hija, por ejemplo, a quien en los veranos llevabas a viajes en automóvil, durante dos semanas, con la consigna Descubramos Hungría. Pues ya bastante la arrastraba su madre al exterior. Cada vez visitabais nuevas provincias y pasabais las noches en pensiones, casas particulares o campamentos, ahí donde os sorprendiese la oscuridad. Escogíais las provincias por sorteo. En la tercera ocasión, cosas del destino, tu hija sacó el nombre de Kalocsa. Tragaste saliva. Bueno, fue hace ya mucho tiempo... qué más daba. Mientras tanto, en Hungría habían eliminado el servicio militar obligatorio. Bajo el capitalismo la situación es mejor para los muchachos, son ellos los que se quedan con los empleos de cierta categoría, no las chicas.

Tu corazón bufaba cuando llegaste allí. Dejaste tras de ti la primera señal que indicaba el campamento. Llegaste a una ciudad desconocida. Ni una sola casa, ni una sola calle te llevó a recordar aquello que vivía dentro de ti. ¿Dónde estaba la estación de tren? Sabías que tenía que estar al comienzo de la calle principal, pero en su lugar de repente llegaste a una especie de conjunto de viviendas, y luego te hallaste en medio de centros comerciales. ¿Qué había pasado? Para tu vergüenza, tuviste que pedir información a un transeúnte. Te orientó, pero agregó que el regimiento ya no existía. ¿Cómo que ya no existía?, le hubieras preguntado, pero detrás de ti ya los otros conductores tocaban el claxon.

Ajá. Alrededor del cuartel habían surgido construcciones, por eso no lo habías encontrado. Dejaste tu coche delante de la entrada principal, donde antaño no podía estacionar ningún ser humano. Os bajasteis. La cerca, la puerta de hierro, la vía por la que entraba el ministro y las construcciones, todo estaba en su lugar, pero según el cartel un Centro Educativo Especializado había ocupado el lugar del regimiento. El vigilante armado me saludó, amable, y me ofreció información atentamente; en los tiempos vuestros no hubiera podido permitirse hablar con nadie, pero sí estaba obligado a anotar la placa de todo vehículo que transitara

por allí. Se ofrecen cursos, explicó, de formación profesional. Deambularon por allí durante algunos minutos. Tu hija quería irse, tenía hambre. Fue entonces cuando te acordaste de los ruskis. Dirigiste hacia allí a tu hija, tomándola por el codo.

Santo Dios... El grueso muro tenía un boquete y... nada por ningún lado, descontando una caseta que parecía una portería. Un bosque entero de altos árboles había surgido desde entonces. De la caseta salió un hombre, amable, como de tu edad. Que si habíais venido de la municipalidad. Negaste con la cabeza.

—Tenga la bondad, hubo aquí un cuartel rus... sov... ruso —comenzaste a tartamudear.

—No, aquí lo que hubo siempre fue un aeropuerto —dijo el hombre—. Venid, podéis verlo.

Realmente, oculto por los árboles se hallaba un hangar grande y plano, como huérfano. Delgadas pistas salían en tres direcciones. El asfalto se estaba fragmentando, pero los faros de orientación estaban en su sitio, también las usuales franjas y señalizaciones de los aeropuertos.

—Al carajo —dijo el hombre—, la municipalidad va a vender todo esto, si alguien necesita un aeropuerto, es un precio de ocasión.

¿Aeropuerto? Nunca habíais escuchado tronar de motores de aviones que levantaran el vuelo o aterrizaran, ningún chirrido de ruedas. Era inconcebible.

Tu hija se moría de hambre. Os despedisteis. Sobre la caseta del portero habían escrito, con letras torcidas, "Se vende", y habían trazado el número de un teléfono móvil. Pensaste en anotarlo. Ah, pero tú no necesitabas un aeropuerto, sobre todo no allí, por más que fuese a precio de ocasión.

Jamás hubo una explicación racional. Así como tampoco las hubo para los ya desvanecidos secretos de tu juventud, que se habían quedado en el pasado.

Ingo Schulze

Casi un cuento de hadas

Hace tres días, volví a ver a una Margarete Schneider casi de cuento, en el viejo cementerio de Dresde-Klotzsche,[1] cuando, poco antes de dirigirme al encuentro de antiguos alumnos del colegio, me pasé por la tumba de mis abuelos. Margarete Schneider no estaba sola, sino que le acompañaba un hombre joven y elegante de ojos almendrados. Lo poco que sé de ambos, me lo contaron mis primeros compañeros de clase y mi madre. Un saber fragmentario y provisional. O así lo espero, pues me gustaría saber aún más de Margarete Schneider. Margarete Schneider fue mi profesora en la guardería. Tuvo que ser en 1968 o a principios de 1969, cuando la señorita Schneider, según el tratamiento de cortesía de aquella época, se despidió de nosotros, los niños. Alegó cambio de domicilio, desconozco por qué y adónde. Entonces no lo lamenté. En muy contadas ocasiones, casi nunca, sonreía y menos aún reía, y si lo hacía, en su cara de oveja –la zona que ocupaba la nariz era desproporcionadamente extensa– se marcaban multitud de arrugas. Además, sus manos eran rudas, huesudas y fuertes. Siempre me hacía daño cuando me cogía de la mano para llevarme a otra fila. Trato de imaginarme cómo serían las cosas si aún viviera donde crecí; si las calles por las que iba al colegio, al tranvía, al cementerio o a las landas de Dresde, me siguieran resultando tan familiares como entonces, ¿las vería desde otro punto de vista? Tenía quince años cuando volví a ver a Margarete Schneider. Alta y delgada, iba entre sus padres de camino a la iglesia. Sin tener en cuenta la sorpresa que me produjo ver a mi antigua profesora de la guardería dirigiéndose a la iglesia, aquella tarde de domingo experimenté por primera vez qué se siente cuando una persona que no se ha visto en ocho o nueve años, aparece de pronto. Una nueva conciencia de pasado me embargó tras aquel encuentro, que al mismo tiempo me confería cierta sensación de soberanía. A pesar de que ya en aquel primer reencuentro Margarete Schneider me pareciera mayor de lo que era. Aunque la leve inclinación de cabeza con que la saludé fue más que breve –sin respuesta por su parte–, recuerdo perfectamente la mezcla de susto y compasión que sentí al mirarla desde arriba. A partir de

1. Dresde-Klotzsche: barrio de Dresde.

aquel día, cada vez que volví a ver a Margarete Schneider en años posteriores con un grupo de niños de la guardería dirigiéndose a las landas o regresando de allí, creí sentir inequívocamente que aquella mujer vivía sin alegría ni felicidad, a pesar de residir en una enorme y antigua villa, cuyo jardín lindaba con las landas de Dresde. Los domingos iba a la iglesia con sus padres, y el día de Navidad se sentaba en el primer banco, la más próxima al parroco cuando éste se subía al púlpito, y cantaba muy alto: «Es ist ein Ros entsprungen».[2] Cuando terminaba, pasaba la bolsa de las colectas, que pendía de una vara, por las filas, como si quisiera recolectar con ella manzanas de las copas de los árboles. Durante el periodo de tiempo que pasé en el ejército y luego estudiando la carrera, no volví a ver a Margarete Schneider. Raras veces visité a mis padres. Y en Navidades preferíamos salir de paseo a ir a la iglesia, también debido a las visitas que recibíamos en aquella época del año, todos ellos compañeros extranjeros de mi madre, que de no ser por ella, se hubieran quedado en sus respectivas residencias. Ho, de Vietnam, debió de pasar en casa las Navidades de 1985 o1986. Después, me volví a encontrar con Ho en varias ocasiones. Traté de ayudarle a encontrar una bicicleta de paseo con ruedas de 26", lo que resultó aún más difícil de lo que parecía. En cuanto a Ho le mostraban la bicicleta en una tienda, éste sacudía la cabeza sin prestarse a dar la más mínima explicación, y abandonaba el local con una sonrisa. Ayer pregunté a mi madre si recordaba cómo se habían conocido Ho y Margarete Schneider. «Ella era paciente mía y —me dijo—, un día, yo le pregunté por su máquina de coser.» Margarete Schneider tenía una máquina de coser automática que ya no utilizaba y que regaló a Ho. Ho no cabía en sí de gozo: ¡Por fin podría casarse en su país! Pues gracias a la máquina de coser, obtendría el favor de su futura esposa. Tras nuestro último encuentro, acompañé a Ho hasta el tranvía. Se pasó todo el camino hablando sobre la guerra. En mi recuerdo, aún perdura un episodio fragmentario. Un día, todos los hombres de su unidad recibieron una ración especial y luego les ordenaron nadar hasta un barco con una mina a cuestas. No estoy seguro

2. Es ist ein Ros entsprungen: canción alemana de Navidad («Una rosa ha florecido»).

de referirlo correctamente; ha pasado mucho tiempo desde la última vez que pensé en este hombre. Ho hablaba y hablaba casi sin tomar aliento y prorrumpiendo a menudo en carcajadas antes de empezar a explicar una nueva historia. Al fin y al cabo, resultaba imposible de ocultar. En su acostumbrado paseo dominical a la iglesia, Margarete Schneider parecía especialmente pálida. Unas ojeras negras colgaban bajo sus ojos y sus facciones parecían más ovejunas de lo habitual, tan solo su tripa era gigantesca y casi picuda. Margarete Schneider trajo al mundo un varón: Sebastian Ho Schneider. Tras la caída del muro, ya en aquellas primeras elecciones comunales celebradas en mayo de 1990, Margarete Schneider se presentó como candidata del CDU[3] al concejo municipal de Dresde y salió elegida. Llegó a convertirse en el ojito derecho de los estrategas de las campañas electorales, que se regocijaban con todo aquel o aquella que no hubiera militado en el CDU antes de 1989. Margarete Schneider se instruyó y descubrió su talento como oradora en los mítines electorales, aunque sus discursos siempre dejaran cierta reminiscencia de sermón en el ambiente. Aún así, Margarete Schneider convencía. Como se refería de ella en el artículo de un periódico, era capaz de expresar convincentemente toda la amargura que había experimentado a lo largo de su vida. Margarete Schneider hablaba sobre el intervencionismo autoritario y omnipresente, la opresión que habían sufrido los cristianos y las crueles directrices a las que los educadores y los profesores de guardería y de los colegios de la RDA se habían visto sometidos. En los carteles electorales sonríe de tal manera, que tan solo se marcan dos leves arrugas en las comisuras de los labios, a derecha e izquierda. Llegó a ser delegada del concejo municipal y, por consiguiente, pasó a hacerse cargo de la cultura y de la educación. A quien más sorprendió que a los Schneider no solo les perteneciera la Villa Schneider, sino también media docena de las casas más hermosas que lindaban con el bosque, fue a los vecinos de Klotzsche. Ya en los años treinta, el abuelo registró diversas patentes que le permitie-

3. CDU: Christlich Demokratische Union Deutschlands (Unión Demócrata Cristiana).

ron reunir una considerable fortuna: se hizo rico. A su padre le dio tiempo aún en 1990 a vender dos casas a muy buen precio y a arreglar las demás con toda clase de lujo, al tiempo que daba muestras de tener buena mano para las subastas forzosas. De la noche a la mañana, Margarete Schneider se convirtió en una millonaria de marcos occidentales. Sin embargo, ella ni volvió a mostrar debilidad por un hombre ni faltó a un solo oficio religioso. Ella, siempre junto a un Sebastian Ho que, si no iba también embutido en un traje oscuro al menos llevaba una camisa blanca, seguía yendo a la iglesia entre sus padres. Aunque ahora, según mis antiguos compañeros, como todo el mundo conocía a los Schneider, tenían que detenerse a cada paso para corresponder a sus saludos. Sebastian Ho es propietario de la agencia inmobiliaria Schneider & Schneider, que hoy en día cuenta con más de diez empleados. En aquella hora previa al encuentro de antiguos alumnos, cuando vi a aquel hombre joven de ojos almendrados junto a Margarete Schneider, yo aún no sabía nada de aquella bendición pecuniaria. Simple y llanamente, ambos tenían un aspecto magnífico. Si he de ser sincero, incluso me parecieron personas de gran distinción y abolengo. Sebastian Ho es tan alto como su madre y la llevaba del brazo. El tiempo ha dulcificado los rasgos ovejunos de su rostro, sí, es más, quizá quien no la conociera de antes, encontraría esta comparación totalmente fuera de lugar. Yo me había detenido a orillas del escueto senderillo para ceder el paso a madre y a hijo. Por un instante, creí que aquella mujer, precisamente Margarete Schneider, había conseguido trocar la dirección del tiempo: que retornara. Contestó a mi saludo sin reconocerme. También Sebastian Ho me saludó con una inclinación de cabeza. Indeciso, ahí me quedé sin atreverme a preguntarles por Ho. Mis compañeros de clase no supieron decirme nada de Ho, aunque por decir, ni tan siquiera mencionaron que, al día de hoy, Margarete Schneider es diputada del parlamento. Lo único que les extrañó, es que nadie despertara en mí mayor interés que Margarete Schneider.

1969 1989 2009

Michael Reynolds

1969

Cumpliría ocho en menos de un mes. Lo bastante mayor como para cuidar de sí mismo. Pero ellos eran tres y él estaba solo en casa, solo y por si fuera poco enfermo. Erguido en el oscuro vestíbulo en el que dominaba el tictac del reloj y el olor a alfombra, con el corazón acelerado, sólo le separaba de ellos una puerta mosquitera (sin pestillo) a la que no osaba acercarse, pues mientras permaneciera agachado en la sombra del vestíbulo no podían verle. A menos, claro, que tuvieran ojos capaces de ver en la oscuridad. Algo perfectamente posible. Una cosa estaba clara: desde luego, no eran humanos.

–¿Qué quieren?

–Nadie nos advirtió de que habría alguien aquí.

–Estoy enfermo.

«Idiota», pensó. Tampoco hacía falta decirlo en voz alta.

–Venimos de parte de tus padres.

¿Padres? Un recuerdo de aquella triste pareja se abrió camino en su mente. Aquella misma mañana, los colgantes dorados de su madre tintinearon y su perfume de sales de lavanda le invadió al inclinarse para besarle la mejilla ardiente. Le dijo: «Ya eres mayor, puedes cuidarte solo». Su padre se había ido al amanecer, como cada mañana, y volvería después de comer. ¿Padres? ¿Habrían encargado esta grotesca visita?

–Habrá mucho polvo. Mucho ruido.

Si conseguía que siguieran hablando, podría acercarse a la puerta mosquitera y pasar el pestillo sin que se dieran cuenta. Por supuesto que eran capaces de cortar la mosquitera con sus garras y atravesarla; pero si lograra distraerles tal vez podría cerrar la puerta principal y pedir ayuda antes de que se abrieran paso y lo descuartizaran o lo descerebraran, o lo que fuera que planearan des-hacerle.

Fue hacia la luz. Vieron sus rodillas, luego su cintura, luego su pecho...

–Tus padres solo te desean lo mejor –dijo el alto en contrapartida–.

Tenía una mano como un plato y de la otra surgió una larga hilera de parejos dientes de tiburón; de su cabeza sobresalía una manivela, tosca aunque bien centrada. Otro tenía diez piernas, ocho de ellas eran cortas y salían de sus caderas. El tercero, el más próximo a la mosquitera, era un huevo con aletas en lugar de brazos y corvejones que tal vez funcionaran como piernas. Tal vez.

Pero según se acercaba a la puerta y ajustaba los ojos al contraluz del sol a sus espaldas, vio, ¡caray!, que no eran monstruos. ¡Qué va! Las manivelas en la cabeza y los antebrazos de dientes de tiburón solo eran herramientas. Herramientas de su oficio: biseles y escuadras, tornos y paletas, escofinas y caballetes, sierras y gubias y escoplos.

–Entren –se apresuró a decir–. Por Dios, entren.

Los tres hombres trabajaron durante toda la mañana sin descanso. Él permaneció sentado en un rincón del comedor durante todo el rato, con los brazos abrazando sus piernas, la mejilla sobre las rodillas; apenas podía concentrarse en el televisor.

Solo el alto prestó alguna atención al niño.

–¿Qué estás viendo? –le preguntó.

–Pero ¿es que no sabes lo que pasa hoy? –le respondió.

–¿Qué?

–Van a pasear por la luna. Y lo van a dar por la tele.

–¿Por la luna? –repitió el hombre, impresionado. Pero siguió mirando hacia abajo al niño–. ¿Sabes? Solo haremos nuestro trabajo. O sea, lo que nos mandaron hacer.

El niño aferró con más fuerza las piernas contra su pecho, mantuvo la mejilla sobre las rodillas y miró al hombre vestido con traje espacial, ligero como un globo, rebotando en la superficie de la luna.

1989

–El niño de esa historia soy yo –dijo–. Desearía no serlo. –Nils se volvió para mirarme–. Pero es mi historia. Solo dejaron una habitación sin tapiar aquel día, en la parte de atrás. Mi habitación. En lugar de una tapia, pusieron dos candados en las dos puertas de acceso. La puerta que daba a la parte de la casa de mi padre solo podría abrirse los fines de semana, cuando la puerta que daba a la parte de la casa de mi madre estaba cerrada. Y durante la semana era a la inversa. El resto de la casa estaba partido en dos: no había forma de pasar de un lado a otro sin salir al exterior y entrar por las dos puertas principales. Me convertí en un experto en silencios. Ponía la oreja en la pared y escuchaba los silencios de mi padre durante la semana y los de mi madre durante el fin de semana. Los de él eran rotos por ataques de llanto, los de ella por las risas de una mujer. Cuando eres niño nunca sabes a cuál de tus padres echas de menos, ni por qué. A veces, alguno de ellos o los dos preguntaban: ¿Con quién quieres estar, con papá o con mamá? ¿En qué lado del muro quieres estar, éste o aquel? Ninguno. El sueño que más se repetía cuando era niño era uno en el que era capaz de atravesar las paredes, como un fantasma. Era aterrador y hermoso.

Nils negó con la cabeza.

Las cosas han mejorado desde que conocí a Nils. Los dos salimos de nuestros países nativos lanzando gritos y alaridos, como alma que lleva el diablo, como si alguna parte oculta de nosotros estuviera ardiendo y necesitáramos apagar el fuego con otra persona de otro lugar. Él de Sudáfrica, yo de Australia. Habíamos salido corriendo hacia San Francisco, y los dos acabamos en el mismo sucio barrio del centro, en la misma pensión para indigentes. Y allí nos hicimos amigos. Trabajábamos por las mañanas como pintores de brocha gorda. Y las últimas tres tardes coincidimos en el mismo bar para beber, charlar y ver los increíbles acontecimientos que se desarrollaban en Berlín. Nos pusimos a hablar sobre muros.

–Nací el mismo mes y año en que se puso el alambre de espino para separar Berlín en este y oeste. Nunca imaginé que el Muro cayera de esta manera. Pero ahora que ha pasado, no entiendo por qué no pasó antes. Quiero decir, ¿cuál es la razón?

Nils se encogió de hombros. Había servido en el ejército de Sudáfrica, hasta que un día algo pasó. Cuando nos conocimos en San Francisco, se había ausentado sin permiso del ejército, del país, de la familia, de todo, durante meses. Apenas hablaba sobre ello, pero tres noches antes, cuando se mostraron las primeras imágenes de gente de Alemania Oriental cruzar hacia Alemania Occidental, cuando las primeras secuencias de jóvenes bailando sobre el muro de Berlín llegaron a un garito de San Francisco, estábamos juntos, y le vi agachar la cabeza y sollozar silenciosamente. Después me habló sobre el ejército, sobre Sudáfrica y por qué se fue.

–Creo que cualquier tipo puede volverse loco si busca razones donde no las hay –dijo.

Le dije que creía que tenía razón. Pedimos otra bebida y miramos las imágenes de la televisión mientras charlábamos. A veces callábamos, supongo que mientras imaginábamos estar entre aquellas multitudes de Berlín que bailaban sobre las ruinas del muro de la que fue su prisión.

2009

Memoria y olvido. Ahí es donde nuestra antología empieza: con el Presidente de Didier Daeninckx atravesado en el corazón por el recuerdo de los sueños de su feliz infancia y la comprensión de que su vida no había sido más que una deformación grotesca de aquellos sueños desde que empezó a olvidarlos. Y también es donde 1989 acaba: Margeret Schneider, de Ingo Schulze, es como un depósito del paso de los años; ella es lo que hemos olvidado, y lo que recordamos; ella es lo que cambia y lo que permanece incólume. Ella desafía el examen. Al final, como decía Pablo Neruda, «única presa, pez encerrado en el viento». Y por último, el narrador del relato de Schulze, silenciado casi hasta el susurro por un vago sentimiento de culpa, por una sensación cada vez mayor de desasosiego, no puede evitar confesar su casi vergonzante deseo de saber solo un ápice más. Y ¿acaso no nos gustaría a todos saber un ápice más sobre la naturaleza de lo que permanece y lo que se desvanece, sobre lo que recordamos y lo que olvidamos, sobre quiénes éramos y en quiénes nos hemos convertido?

Entre la memoria y el olvido, entre el Presidente y Margaret Schneider, entre el francés Daeninckx y el alemán Ingo Schulze, ocho relatos sobre muros reunidos en un libro publicado para celebrar el aniversario de la caída de un muro: el muro de Berlín. Nacido en agosto de 1961, muerto en noviembre de 1989. (¿Suicidio? ¿Asesinato? ¿Muerte natural? Nadie lo sabe.)

¿He dicho «celebrar»? ¿Una conmemoración para matar el olvido? Sinceramente, no sé si recordar es tan bueno como se dice; no sé si para el individuo es más importante saber recordar o saber olvidar. Me da la impresión de que lo segundo tal vez sea una herramienta más útil para la vida. El olvido selectivo, por ejemplo, es el pan de cada día de un escritor. Consideremos el relato del niño solo en casa el día que Neil Armstrong ponía el pie en la luna: si vuelvo a evocarlo detenidamente, ahora me doy cuenta de que no lo construyeron tres hombres, sino uno solo durante varios días. Y para decir la verdad, ninguno de aquellos días coincidió con el paseo de Neil Armstrong por la luna. Fue aquel verano, pero no el mismo día. Sí, inventamos cosas en sustitución de las que olvidamos. Y en ocasiones, lo que inventamos no está tan mal.

Lo que concierne a Nils es cierto. Vimos juntos la caída del muro de Berlín, en un bar, en San Francisco. Aunque en verdad no sé cuánto nos contamos de nuestras vidas. Eso no lo recuerdo.

No sé si cada uno de nosotros debe primero recordar u olvidar. Sin embargo, sé que lo que es verdad para las personas no lo es para un pueblo. Los pueblos, las comunidades, no pueden permitirse olvidar. Olvidan por su cuenta y riesgo. Olvidan y se arriesgan a cometer los mismos errores hasta el infinito. Y cuando se pierde la memoria vital –y no existe memoria vital del Muro de Berlín para los pretendidos lectores de este libro– queda en manos de los escritores y los artistas agitar la imaginación, quitarle el polvo a los recuerdos. Eso es que los autores han pretendido con este libro. Las ideas expresadas son tan variadas y ricas como las nacionalidades y estilos de los escritores. Podemos decir: todos tienen razón, dicen la verdad, la obra de la memoria. O también lo contrario: están todos equivocados, mienten, la insensatez del olvido selectivo.

En lo que a mí respecta, sé dos cosas sobre el muro. En primer lugar, para mí representa ahora exactamente lo que siempre ha representado: una trágica falta de imaginación. En segundo lugar, su desaparición dejó por mentirosos a quienes afirman que la alegría es más difícil de comunicar a través de las culturas y el tiempo que la tragedia. Los veintiocho años de existencia del muro me parecen una nadería comparado con los pocos días que tardó en caer, días de extraordinaria euforia y alegría que se extendieron por todo el mundo. Casi he olvidado por completo el propio muro y su gesto feroz, pero siempre recuerdo aquellos días durante los que cayó.

Construcción del muro de Berlín: **13 de agosto de 1961**
Caída del muro de Berlín: **9 de noviembre de 1989**

- Longitud del muro entre Berlín y Alemania Oriental: **112 kilómetros**
- Altura: **3,60 metros**
- Longitud de las vallas fortificadas y de las alambradas: **127,5 kilómetros**
- Altura de las vallas fortificadas: **2,90 metros**
- Longitud de los fosos antitanque: **105,5 kilómetros**
- Torres de vigilancia: **302**
- Caminos vigilados con perros: **259**

- Personas que huyeron del este al oeste entre 1945 y 1961:
  - total: **3,6 millones**
  - media anual: **225.000**

- Habitantes de Berlín oeste que trabajaban
  cada día en el este, hasta 1961: **12.000**

- Habitantes de Berlín este que trabajaban
  cada día en el oeste, hasta 1961: **53.000**

- Personas que huyeron del este al oeste
  después de la construcción del muro: **616.751**

- **Personas que huyeron de Berlín este a Berlín oeste:**
  - · en los primeros dos meses, cruzando a pie por los tramos que aún no estaban completamente fortificados: **600**
  - · soldados del este huidos a pie en los primeros dos meses: **85**
  - · a través de los túneles excavados por debajo del muro (1962/63): **137**
  - · con coches adaptados para esconder personas: **2.000**

Otros métodos utilizados:
  - · falsos pasaportes diplomáticos
  - · vehículos militares pesados, camiones blindados, locomotoras, empleados para abrir brechas en el muro
  - · muchos otros métodos de lo más imaginativo

- **Personas asesinadas mientras intentaban cruzar el muro de Berlín: 136**
  8 por debajo de los 16 años, **38** entre los 16 y los 20 años, **66** entre los 21 y los 30, **10** entre los 31 y los 40 **13** entre los 41 y los 80, **1** joven cuya edad e identidad se desconocen.

- **Personas asesinadas durante y después de los controles fronterizos: 48**

- **Personas detenidas mientras intentaban cruzar la frontera:**
  un número indeterminado, sin duda muchos miles.

ELIA BARCELÓ (España) Un toque de «fantasy», una pizca de novela negra, sin olvidar la rosa. Transgénica. Así es como definen la escritura de Elia. Una receta muy suculenta para los paladares ibéricos. Junto con la argentina Angélica Gorodischer y con la cubana Daína Chaviano, forma la que se conoce como «la trinidad femenina de la ciencia ficción hispanoamericana». Ganó dos veces el premio al mejor libro infantil y juvenil de Edebé, y ha alcanzado el éxito internacional con **El secreto del orfebre**, traducido a seis idiomas. Vive en la ciudad austriaca de Innsbruck, en cuya universidad enseña literatura española.

EINRICH BÖLL (Alemania) Por desgracia, no logró ver la caída del muro. Para él —pacifista intransigente, contrario a las armas nucleares y defensor de los disidentes rusos— hubiera sido un día feliz; aún más que el que vivió en 1972, cuando recibió el premio Nobel de literatura por **Retrato de grupo con señora**, considerada como su obra maestra. Durante la segunda guerra mundial, formó parte del ejército alemán, del que desertó en 1944 para acabar siendo capturado por los norteamericanos. Los horrores del nazismo y de la guerra dejaron huella en todas sus novelas y relatos, empezando por el primero, **El tren llegó puntual**, que comenzó a escribir cuando todavía trabajaba de carpintero. Enemigo de toda ideología, luchó con intransigencia radical contra la hipocresía y la condescendencia. Críticos y biógrafos afirman que seguía una moral propia. Tal vez sea verdad. Lo que es cierto es que compartía su rigor personal y literario —aunque cueste separar el uno del otro— con millones de lectores de treinta idiomas, que han amado y aman sus obras.

ANDREA CAMILLERI (Italia) Tras el éxito televisivo del comisario Montalbano, más de uno pensó que había pasado muchos años de su larga vida en la policía. En realidad nunca dejó de escribir, ni siquiera cuando trabajaba de director para la televisión. Al principio se dedicó a la poesía, más tarde a crear guiones televisivos y textos teatrales, y finalmente, siguiendo el curso de las cosas, a la narrativa, con un primer título publicado en 1978. Luego llegó la jubilación —nunca, como en su caso, fue más oportuna— y pudo ocuparse en la literatura a tiempo completo. En 1992, con **La temporada de caza**, logró el éxito editorial, el primero de una larga serie, con millones de lectores en Italia y en todo el mundo. A menudo la protagonista de sus historias es una maravillosa aldea de su Sicilia natal, Vigata: la de otros tiempos, retratada en **La concesión del teléfono**, o la contemporánea, escenario de **La forma del agua**, la primera novela protagonizada por Montalbano.

DIDIER DAENINCKX (Francia) Empezó muy pronto a crear y amar los libros. De hecho, como el gran poeta norteamericano Walt Whitman, trabajaba en una imprenta. Más tarde se acercó a la escritura a través del periodismo. Y su formación fue de lo más provechosa. Con tan sólo treinta y seis años, publicó sus dos primeras novelas, **Meurtres pour mémoire** y **Le géant inachevé**, que en 1984 obtuvieron importantes reconocimientos literarios. Es un escritor ecléctico, que pasa con facilidad de la novela al cómic y del cuento al ensayo, sin dejar nunca de lado su compromiso social. La novela negra es su género favorito, del que cuenta unos veinte títulos, algunos adaptados para la televisión, y uno, **Lumière noire**, llevado al cinema por el director mauritano Med Hondo.

MAX FRISCH (Suiza) Empezó su carrera como arquitecto diseñando la piscina municipal de su Zúrich natal, que aún hoy lleva su nombre. Unos diez años más tarde, tras conocer a Bertolt Brecht y a Friedrich Dürrenmatt, dejó los lápices y la mesa de dibujo para dedicarse en cuerpo y alma a la literatura y al teatro. Con una vena cómica, irónica y, en ocasiones, grotesca, empezó a formular preguntas y a derrumbar certezas. Siempre se centró en la relación entre el individuo y la colectividad, poniendo de manifiesto la dominación del ser humano a través de la intolerancia, el egoísmo y la falsedad. Falleció a la edad de ochenta años, cuando habían transcurrido dos desde la caída del muro de Berlín. No nos dejó soluciones fáciles y consoladoras, sino un legado de obras maestras como **No soy Stiller**, **Homo Faber** y **Andorra**, una sátira feroz del pávido conformismo que lleva al triunfo del racismo.

JIŘÍ KRATOCHVIL (República Checa) Su ironía y sarcasmo nunca gustaron a los funcionarios del régimen comunista. No está claro si era porque no los entendían, o porque los entendían demasiado bien. Lo que es seguro es que le prohibieron publicar. Así que tuvimos que esperar a que cayera el muro para se dieran a conocer obras como **Canto en medio de la noche**, que más tarde se tradujo a francés, español, alemán e italiano. El muro ya no existe, pero él no ha perdido su capacidad de reírse de los lugares comunes y de los modelos culturales predominantes.

LJUDMILA PETRUŠEVSKAJA (Rusia)
Cómicos, fantásticos y visionarios. Los textos teatrales y literarios de la escritora moscovita son como un torbellino de chispeantes fuegos artificiales. ¿Alejados de la realidad? ¿Distantes de la vida? En **Después de las fábulas**, una de sus obras más conocidas, lo que va más allá de la imaginación, hasta resultar grotesca y surrealista, es precisamente la existencia cotidiana. En particular en aquel régimen soviético —descrito en la caótica y pirotécnica **El coro de Moscú**–, que durante años fue censurada. Y tras conseguir el prestigioso premio Alexander Pushkin, hoy, con setenta y un años, le llega el reconocimiento más deseado: ver sus obras traducidas y representadas en todo el mundo.

INGO SCHULZE (Alemania)
Veintisiete. Es el número de idiomas en los que pueden leerse sus novelas y relatos. Tras la caída del muro de Berlín, millones de personas en todo el mundo buscaron y encontraron en sus páginas emociones, esperanzas y desilusiones. **Historias simples** —como reza el título de unas de sus obras–, tristes e irónicas a la vez, sobre las inquietudes y las incertidumbres que los alemanes del este sentían hacia esas tan esperadas **Nuevas vidas** —otro de sus títulos— que la reunificación les prometía. «Éramos como niños el día de Navidad», recuerda. Todos a la espera de que, con la libertad, cambiara también la música, el compás de la vida cotidiana. Y **Bolero berlinés** es la desencantada búsqueda de una difícil armonía entre libertad y necesidad. Tanto en Estonia como en El Cairo, Nueva York o Dresde. Épico. Así es como lo ha definido Günter Grass.

OLGA TOKARCZUK (Polonia) Ficción y realidad, invención y testimonio verídico, mezclados con sabiduría por una psicóloga que se dedica a la literatura. Ironía y seriedad, lo grotesco y la melancolía se alternan en su escritura como en una partitura musical. Y no es casualidad que **Sonata para tambores** sea el título de uno de sus relatos más hermosos. Es una de las pocas narradoras que ha conseguido ganarse tanto el respeto de la crítica como el afecto del público. Lo cual le ha permitido lograr el prestigioso premio Nike y ser elegida por tres años consecutivos como la autora favorita de los lectores polacos. Entre otras razones, por su gran pericia literaria, que la mantiene alejada de los experimentalismos fáciles y las modas. La modernidad de su enfoque hacia la relación entre historia y memoria, y entre culturas diferentes —como en **Casa de día, casa de noche**, su libro más conocido— se ha visto premiada por la traducción de su obra a diecinueve idiomas.

MIKLÓS VÁMOS (Hungría)
Dos eclipses de sol abren y cierran su novela más famosa, **El libro de los padres**, libro más vendido en Hungría y traducido a más de diez idiomas. E iluminar la oscuridad, hacer resurgir la memoria y el recuerdo, es una constante en todo su trabajo, desde los tiempos en los que presentaba un programa de televisión cuyos invitados tenían que contar sus vidas en clave de humor. Guionista y autor teatral, como escritor ha obtenido numerosos reconocimientos, entre los que destaca el prestigioso **Honors of Merit of the Hungarian**.

HENNING WAGENBRETH (Alemania)
Su labor de ilustrador ha sido premiada con un sinfín de reconocimientos, aunque sobre todo por **Mond und Morgenstern** –La luna y la estrella del amanecer–, su obra más especial. De hecho obtuvo el título de «Libro más bello del mundo». Sus obras, directas y de gran impacto, recuerdan los grafitos que cubrían el muro de Berlín. Es uno de los ilustradores más interesantes y originales de Europa, y ha creado escuela. También en sentido literal, ya que es profesor de comunicación visual en la prestigiosa Universität der Künste de Berlín.

MICHAEL REYNOLDS (Australia) En las minas de su Australia natal y en las canteras de Escocia, junto con las vetas de carbón y turba, también descubrió su veta literaria. Así que empezó a escribir relatos para periódicos y revistas de varios países –aunque no sin antes haber hecho de cobaya para la investigación universitaria en Francia–. **Sunday special** es el título de la primera colección de cuentos que publicó. Tras dar clases de literatura moderna en Estados Unidos, se trasladó a Roma. Es jefe de redacción de Europa Editions y en 2006 publicó su primer cuento infantil, **La notte di Q**, ilustrado por Brad Holland.

www.thuleediciones.com

El relato
"Los niños también son civiles"
de Heinrich Böll procede de:
"Werke. kölner ausgabe. band 3. 1947-1948"
(Frank Finlay und Jochen Schubert)
© 2003 verlag kiepenheuer & witsch, köln

El relato
"El judío andorrano"
de Max Frisch procede de:
"Tagebuch 1946-1949"
© 1950 Suhrkamp Verlag, Frankfurt am Main

Por la foto:
© Owen Franken | Corbis

ISBN: 978-84-92595-35-8

Diseño
Orecchio acerbo

Este libro se acabó de imprimir en octubre de 2009
en Futura grafica '70 - Roma

Impreso en papel fedrigoni
Cubierta, Symbol card Premium White
Guardas, Nettuno rosso fuoco
Interior, X-Per Premium White

Índice

1989

Este libro ha sido posible gracias a la ayuda y colaboración del
GOETHE-INSTITUT ITALIANO

y de:

ACADEMIA DE HUNGRÍA EN ROMA
EMBAJADA DE FRANCIA | BCLA
INSTITUTO CERVANTES
INSTITUTO POLACO
INSTITUTO CULTURAL CHECO

Agradecemos a
FEDRIGONI CARTIERE S.p.A.
su colaboración